Traduit de l'anglais par Claude Lauriot Prévost
Conception de mise en pages : Françoise Pham

ISBN : 2-07-052855-3
Titre original : *The Spooks*
Publié par HarperCollins Ltd., Londres, 1999
© Colin et Jacqui Hawkins, 1999, pour le texte
© Colin et Jacqui Hawkins, 1981, 1999, pour les illustrations
© Gallimard Jeunesse, 1999, pour la traduction française
Numéro d'édition : 91934
Loi n° 49-956 du 16 juillet 1949
sur les publications destinées à la jeunesse
Dépôt légal : avril 2000
© Christiane Schneider und Tabu Verlag Gmbh, München
pour le design de la couverture
Imprimé en Italie par la Editoriale Lloyd

Gallimard Jeunesse

La famille Lémure

Colin et Jacqui Hawkins

folio benjamin

À PROPOS DE FANTÔMES

Si tu entends un bruit bizarre, la nuit,
et que tu n'oses pas bouger,
voici ce qu'il faut en penser :
lorsqu'un fantôme gémit
c'est pour mieux t'effrayer, mon petit !

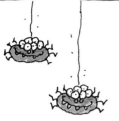

NID DOUILLET

La famille Lémure habite depuis toujours au Manoir Hanté, impasse du Frisson, chemin du Surnaturel. C'est une vraie maison hantée, avec des portes qui grincent, des pièces sombres et remplies de poussière, et des corridors terrifiants. Le vent gémit, fait trembler les fenêtres couvertes de toiles d'araignées et siffle autour des cheminées.

Hououououou ! Crac !

Ouvre la porte et entre. La famille Lémure meurt d'envie de te connaître.

LES LÉMURE

Les Lémure sont une très vieille famille de fantômes.
Voici Monsieur et Madame Lémure et leurs enfants : Odilon dit Odi, Alida dite Dada. Et les deux délicieux petits gnomes jumeaux, Flotte et Glotte. Puis voici les animaux chéris de la famille :

Vapeur, le chien poilu et Terreur, le chat pelé. Et bien sûr, toute une délicieuse colonie de petites bestioles rampantes et gluantes.
– Nous sommes une famille délicieusement effrayante, déclare Madame Lémure.

CASSE-CROÛTE
ET BABILLAGE

La famille Lémure commence
la nuit avec un bon petit déjeuner
de Corn-Spectre et de lait tourné.
– Hi hi! gazouillent Flotte et Glotte
en faisant valser la table de la salle
à manger.
– Ne lévitez pas la table, mes
chéris, dit Madame Lémure tandis
que le pot de lait passe en rase-mottes
et que le thé jaillit de la théière.
– Ce ne sont que des esprits, dit
Monsieur Lémure en s'éclipsant
pour aller voir les informations
crépusculaires au journal télévisé.
Et les enfants s'envolent vers
leur caverne préférée.

BLAGUES HANTÉES SPECTRALES

Les petits Lémure se glissent dans l'ombre des rues sombres pour hanter un peu la ville endormie. Toc ! Toc !

– Qui est là ? ricane Glotte.
– Coucou ! C'est la petite moi-même ! susurre Flotte en cognant aux portes et en faisant grincer les boîtes aux lettres.

– Ooooh ! J'adore jouer au fantôme, gémit Glotte en toquant aux fenêtres

Quel bon temps lamentable on a eu !

et en shootant dans
les poubelles,
ce qui panique chats
et chiens du voisinage.
– Tu es pire qu'une affreuse petite
goule, ricane Flotte.
Alors tous deux éclatent de rire
et disparaissent dans le noir.

JEUX GLAÇANTS

Les petits diables Flotte et Glotte vont passer une belle nuit pleine de frayeur. Ils sortent de l'ombre en poussant de terribles gémissements, traînant des chaînes derrière eux. Hiiiii ! Clang !

Je me sens tout hanté.

– Je suis meilleur gémisseur que toi ! hurle Flotte.
– Nooooooon ! Pas du tout ! gémit Glotte.

Alors Flotte et Glotte se mettent à jouer à leur jeu favori :

« Fais-moi donc un petit peu peur,
à s'en dresser le suaire sur la tête. »
Ils ouvrent les fenêtres et tirent
les couvertures des braves gens
qui dorment : ça refroidit la chambre
et donne la chair de poule.
– Gare aux pieds gelés ! crient-ils
en se fondant dans la nuit.

NUITS D'ÉPOUVANTE

Restée seule à la maison hantée, Madame Lémure se coltine avec l'horreur des travaux ménagers. Alors elle s'installe au piano et attaque un boogie-woogie endiablé. Aussitôt, sa musique hantée assure un service impeccable! De la cave au grenier, les balais balaient, les aspirateurs aspirent et envolée la poussière! Enfin, la maison entière est propre comme un linceul neuf. Et pour achever sa nuit, l'esprit libéré, Madame Lémure joue un air de son opérette préférée: « Il était un petit navire fantôme. »

DUR TRAVAIL

Monsieur Lémure travaille pour
la compagnie Vacances paniques et
Tragiques Tours en tant que représentant.
Une suggestion qui remporte toujours
un grand succès : Week-end en enfer
aller-retour, une escapade à vous faire
dresser les cheveux sur la tête dans
une voiture hantée. Mais si votre budget
est plus modeste, on vous propose
une promenade en une seule journée
qui secoue bien le squelette : les chemins
hantés en chaise à spectre. Enfin, pour
ceux qui n'ont que quelques heures
à leur disposition, on propose
une galopade terrifiante à travers les rues
sombres de la ville pour un Tour
des tombes mystérieuses.
– Un traitement de choc à vous faire
tourner le sang, dit en riant jaune
          Monsieur Lémure.

ENFIN
CHEZ SOI !

Après une nuit bien remplie, l'horloge frémit trois heures et Monsieur Lémure quitte son bureau. En rentrant à la maison, il fait un petit arrêt au cimetière du coin pour saluer certains de ses plus vieux amis.

Cette nuit, ils ont eu une grande première : remise du prix pour le plus effrayant cimetière de l'année.

– Nous effrayons vraiment bien, ricane Monsieur Lémure en tremblant.

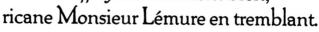

LA VEILLÉE

À l'heure la plus sombre de la nuit,
juste avant l'aube, Monsieur Lémure se
glisse enfin chez lui, impasse du Frisson.
– Mon heure préférée de la nuit, dit-il.
C'est juste le moment de retrouver
Madame Lémure et les enfants pour
prendre avec eux un petit
verre de Saigni-Saigna
avant d'aller au lit.
– Raconte-nous une histoire atroce,
vraiment atroce, papa ! dit Alida.
– Oooo h ! Non ! Pire qu'atroce, gémit
Odilon.
– Oooo h ! Oui ! disent en chœur Flotte
et Glotte.
Alors Monsieur Lémure attrape
son Grand Livre des plus
épouvantables histoires
d'épouvante et se met à lire.

HISTOIRES DE FANTÔMES

– Il y a bien, bien longtemps, par une nuit sombre, sur une route déserte, susurre Monsieur Lémure aux enfants.

Ainsi commençait l'horrible histoire hantée de Dick Turpin, bandit de grand chemin, et de sa fameuse jument Black Bess, tous deux condamnés à avancer sans trêve sur une route sans fin.

– Oh ! Quelle délicieuse histoire ! J'adore les chevaux, dit Alida.

– Une autre, une
autre, papa !
crie Odilon.
Alors Monsieur
Lémure raconta
l'histoire à faire
dresser les cheveux sur la tête
d'Ange MacGoule. Chaque nuit,
à minuit tapant, le célèbre Écossais
hante le château de ses ancêtres en
jouant de sa terrible cornemuse.
– Et qui entend les accents déchirants
de son instrument est condamné
à danser la gigue pour l'éternité,
conclut Monsieur Lémure.

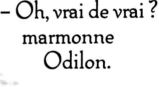

                              – Oh, vrai de vrai ?
                              marmonne
                              Odilon.

CAUCHEMARS
DE FANTÔMES

– Au lit, les enfants. Et vivement !
dit Madame Lémure tandis que
les premiers rayons du soleil percent
faiblement les carreaux sales.
Les membres de la famille Lémure,
bâillant et s'étirant,
s'envolent vers leurs lits.
Le silence s'abat sur
la maison et quelques
instants plus tard, tous les
Lémure sont loin du monde.
Reposez en paix ! Faites de
beaux cauchemars !

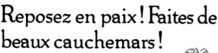

FIN

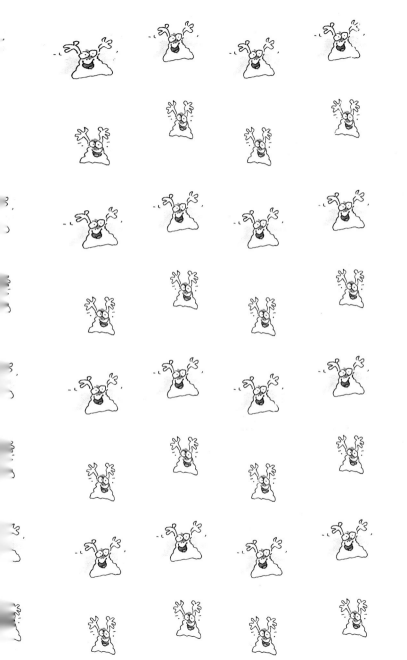

Colin et Jacqui Hawkins se connaissent depuis très longtemps. Enfants, ils passaient chaque année leurs vacances en Irlande, berceau de leurs familles, dans deux fermes toutes proches. Après des débuts difficiles, ils ont publié depuis 1981 plus de cinquante ouvrages, presque tous traduits en français. Leurs grands succès sont *Les sorcières*, *Les fantômes*, *Les vampires*, *Les pirates* publiés chez Gallimard Jeunesse dans la collection Folio cadet. Colin et Jacqui habitent en Angleterre ; ils écrivent et illustrent ensemble tous leurs livres. Ils pensent qu'ainsi le travail est plus facile et beaucoup plus drôle. Ils ont toujours appris à leurs enfants que le plus important est d'avoir un métier que l'on aime, peu importe l'argent. Quant à eux, leur merveilleuse association leur permet de vendre chaque année plus de 400 000 exemplaires à travers le monde, de la Finlande au Japon.